www.ingramcontent.com/pod-product-compliance
Lightning Source LLC
LaVergne TN
LVHW051514170726
843492LV00002B/920

بوابة آدم

-المدينة السفلية-

د. زياد الحلواني

اسـم الكتــاب:	بوابة آدم
اسـم المـؤلف:	زياد الحلواني
المراجعة اللغوية:	شركة دُنى لفنّيات تقديم المحتوى.
الاخـراج الفـني:	شركة دُنى لفنّيات تقديم المحتوى.
تصميـم الغـلاف:	شيماء منير
رقـم الإيـداع:	2024/9860
الترقيـم الـدولي:	9789409278791

دار فصحى للطباعة والنشر والتوزيع

د . زياد الحلواني

د . زياد الحلواني

بوابة آدم

د . زياد الحلواني

إهداء

إلى كل روح أهدتنا الحياة والوجود، لولاكم ما نبضت الكلمات و لا تشكَّلت حروفي، إلى أمي وأبي.

إلى كل (الكسندر وليلى وسامويل وإلياس) دمتم مصابيحًا تنير حياتنا نحو الحقيقة.

د. زياد الحلواني

المَقدمة

تنتشر الألغاز والتحديات في كل زاوية، وسط ظلمة المدينة السفلية وغموضها الذي يحيط بكل شيء. هل سينجح آدم في الكشف عن أسرار هذا العالم الغامض؟ هل تنجح قوى الظلام في وأد الأمل نحو الشمس؟ انضم إلى آدم في رحلته المثيرة واستعدّ لمواجهة الغموض والتشويق في هذه المدينة السفلية المظلمة نحو الحقيقة.

د . زياد الحلواني

د . زياد الحلواني

—1—

في أرجاء العالم، وُلد شاب يُدعى آدم، كان يمتلك روحًا مغامِرة. كان يسافر حول العالم باحثًا عن المغامرات والاكتشافات الجديدة. لم يعرف آدم الملل أو الراحة، كان يتمتع بشغف لاستكشاف كل شبر من الأرض.

في إحدى رحلاته وجد آدم نفسه في منطقة نائية وغامضة. كانت هناك حفرة عميقة تشدّ الانتباه، وعلى الرغم من الحذر الذي يتحلى به، فإن فضوله دفعه لاستكشافها. انزلق آدم ببطء في الحفرة السوداء، وبينما كان ينزل أعمق وأعمق، شعر بنفسه يستقر في مكان مظلم وغريب.

عندما استعاد آدم وعيه، وجد نفسه في مشهد مرعب. كانت هناك مدينة تحت الأرض مضاءة بأنوار غريبة. رؤية آدم للمشهد كانت مروعة، فوجد أناسًا يتجولون في شوارع المدينة السفلى، ولكنهم ليسوا كأي عرق بشري آخر. يبدون معزولين عن العالم الخارجي، وكأنهم مأوى للغرباء.

آدم اقترب من أحدهم وسأله بحيرةٍ:

-    "من أنتم؟ وما هذه المدينة؟"

الرجل الغريب نظر إلى آدم بابتسامة غامضة وقال:

-    "نحن هنا النسيان. نحن المفقودون في الزمان والمكان. لقد وجدنا هذا المكان في عمق الأرض، وهو ملاذنا من العذاب الخارجي".

آدم كان مرتبكًا ومتعجبًا، لكنه لم يستسلم للرعب. قرر استكشاف المدينة ومعرفة المزيد عن حكاياتها المرعبة. خلال رحلته التقى بأناس يتجاوزون تحديات العالم الخارجي بقصص رهيبة.

هناك رجل يتجاوز الآخرين بالعمارة، والآخر يتجاوز بالمعرفة. وامرأة تتجاوز بالقوة، وآخر يتجاوز بالحكمة. ومع كل مقابلة جديدة، كان آدم يدرك أنه في هذا العالم السفلي المظلم، كانت المقايضة هي العملة السائدة.

كان ألكسندر رجلًا طويل القامة وذا شعر رمادي يتدلى على جانبي وجهه. يرتدي ملابس بنية ممزقة تعكس صعوبات

الحياة في المدينة السفلية. ومع ذلك، كانت عيناه تشعان بالحماس والإبداع. يحمل معه حقيبة أدوات صغيرة تحمل أدوات العمارة الأساسية التي لا تفارقه أبدًا.

بينما كان آدم يستمع إلى قصص ألكسندر، لاحظ أن الرجل العجوز ينظر إلى المباني من حوله بابتسامة فخورة فضولًا، سأل آدم:

- "ألكسندر، كيف استطعت تجاوز التحديات وبناء هذه الأماكن الرائعة في هذا العالم المظلم؟"

ألكسندر أجاب بصوت هادئ ومتأمل:

- "آه، يا صديقي، العمارة هي لغة تجسد الأمل والتغيير في هذا العالم. كلما رأيت المدينة السفلية المظلمة، كلما أحسست بالتحدي الذي يواجهنا. ولكنني قررت ألا أستسلم لليأس وأن أجعل هذه المدينة تشع بالجمال والأمان".

- "كيف فعلت ذلك؟" سأل آدم بفضول.

ألكسندر أجاب وعيناه تلمعان:

- "بدأت بتعلم العمارة الأساسية، ثم تجاوزتها لأفهم القواعد الأكثر تعقيدًا. ومن ثمَّ بدأت في تجسيد رؤيتي لمبانٍ فريدة وجميلة تعكس الثقافة والتاريخ المفقود للمدينة. لقد استخدمت الأعمدة والجسور لربط الأماكن المنكوبة ببعضها البعض، وخلقت تصاميم مبتكرة توفر الراحة والأمان لسكان المدينة".

آدم كان متأثرًا بروح ألكسندر وعازمًا على تطبيق العبرة التي استقاها من قصته.

- "ألكسندر، أنت شخص ملهم حقًا. أود أن أتعلم المزيد عن العمارة وكيفية استخدامها لتحويل الأماكن المظلمة والمهجورة إلى أماكن جميلة وحيوية".

ألكسندر ابتسم ووجَّه نصيحة لآدم:

- ‏"صديقي، تذكر أن العمارة ليست مجرد بناء مبانٍ. إنها فن وعلم يمكنهما تحويل العالم. استمر في اكتشاف قدراتك واستخدم مهاراتك لصنع فرق حقيقي.

وبهذا، بدأ آدم رحلته في تعلم فن العمارة من ألكسندر. قضى الكثير من الوقت معه في المدينة السفلية، حيث قاما بزيارات متكررة إلى المباني المهجورة والأماكن المظلمة.

تعلم آدم من ألكسندر أساسيات العمارة، مثل كيفية اختيار المواد المناسبة واستخدام الأدوات ببراعة. كما تعلم كيفية قراءة الرسومات والتصاميم وتحويلها إلى واقع ملموس.

—2—

في أحد الأيام، وعندما كان آدم يحاول إصلاح جسر مهجور، قام ألكسندر بالمرور بجواره وقال:

- "مرحبًا آدم، هل تحتاج إلى مساعدة؟"

آدم رفع رأسه وابتسم قائلًا:

- "نعم ألكسندر، أنا في حاجة إلى بعض الاقتراحات حول كيفية تحسين هذا الجسر".

ألكسندر توقف للحظة ونظر إلى الجسر بعناية، ثم قال: — "أعتقد أنه يمكننا استخدام الأعمدة القوية لدعم الجسر وتحقيق استقراره. سنحتاج أيضًا إلى تصميم تفاصيل جميلة ليضفي لمسة فنية على الجسر".

آدم استمع بانتباه وقال:

- "لدي بعض الأفكار للتصميم، ولكني لست متأكدًا من كيفية تنفيذها".

ألكسندر أخذ نفسًا عميقًا وأجاب:

- "آدم، الابتكار هو المفتاح. لا تخف من تجربة أفكارك الجديدة، قد تكون النتائج مذهلة".

وبدأ الاثنان في العمل معًا على تجديد الجسر. استخدموا الأعمدة القوية وأضافوا تصميمًا فريدًا يبرز جمال الجسر. كانا يعملان لساعات طويلة، وفي نهاية المطاف، تحول الجسر المهجور إلى هيكل مذهل يجمع بين القوة والفن.

عندما انتهيا، نظر آدم إلى الجسر وهو يشعر بالسعادة والفخر. ثم قال لألكسندر:

- "شكرًا لمساعدتك وإلهامك، ألكسندر. لقد علمتني أن العمارة ليست مجرد بناء، بل هي وسيلة لتحويل العالم وتجلب الجمال والأمل".

ألكسندر ابتسم وقال:

- "آدم، أنت أصبحت الآن جزءًا من هذا العالم المبهج. استمر في طريقك الآن ستنتجح يومًا ما طالما تتعلم استمر ولا تتوقف، فالنور لا بدَّ أن يكون في نهاية أي

نفق مظلم. ودَّع آدم ألكسندر ورفع له علامة النصر وأكمل طريقه.

رغم الرعب والغموض المحيطين به، استمر آدم في استكشاف المدينة والتعرف على سكانها. واكتشف أنه بالرغم من رغبتهم في التجاوز بما يمتلكون، كانوا يعيشون في حالة من الفقر الروحي والعزلة. لم يكن لديهم أي اتصال بالعالم الخارجي، وكانوا محبوسين في هذا المكان المظلم.

آدم أدرك أنه لا يمكنه البقاء في هذا المكان إلى الأبد. كان يشتاق للشمس والهواء الطلق والتجارب الجديدة. قرر أن يواصل رحلته ويجد طريقة للخروج من هذه الحفرة المظلمة.

حتى قابل سامويل و قيل عنه أنه رجل المعرفة.

التقى آدم برجل عجوز حكيم يُدعى سامويل. كان سامويل يتجاوز الآخرين بمعرفته العميقة وحكمته. شارك سامويل مع آدم حكايات عن المدينة السفلية، تاريخها المفقود والأسرار العميقة التي يحويها. سامويل يعتبر حارسًا للمعرفة والحكمة

في المدينة، وكان يساعد آدم في فهم الأسرار الغامضة والتحديات التي تواجهه في رحلته

سامويل بدأ في سرد الأسرار والتاريخ الغامض للمدينة السفلية، وهو يقدم آدم إلى عالم غير معروف ومثير للدهشة. كان صوته هادئًا ومليئًا بالحكمة والغموض.

- "يا آدم، المدينة السفلية تحمل الكثير من الأسرار العميقة والحكايات المفقودة. تعود تاريخها إلى قرون طويلة، وقد شهدت أحداثًا مثيرة ومأساوية في آنٍ واحد. في الأعماق، تكمن قصص الناس الذين عاشوا هناك، والتحديات التي واجهوها".

تذكر هذا، آدم، كل شيء له سبب وقصة. المدينة السفلية لم تكن دائمًا هكذا. كانت تعج بالحياة والنشاط، وكانت مركزًا للتجارة والثقافة. لكن مرور الزمن وظروف متعددة أدت إلى سقوطها في الظلام.

تعتبر الأنفاق الضيقة تحت الأرض جزءًا من التراث العتيق للمدينة. بنيت هذه الأنفاق لأغراض مختلفة، بدءًا من النقل

والملاذات السرية إلى الممرات السرية والمقابر القديمة. إنها متاهة معقدة تحت الأرض تحتفظ بأسرار لم تكشف بعد.

وهناك أسطورة تقول إن هناك غابة سحرية مخفية في قلب المدينة السفلية. يقال إنها تحتوي على شجرة ضخمة ومضيئة بالألوان الساحرة، وتعتبر هذه الشجرة مصدرًا للحياة والقوة. ومع ذلك، لم يستطع أحد الوصول إليها أو رؤيتها بأم عينه.

إضافة إلى ذلك، يُروى أن هناك شبحًا يجوب المدينة السفلية في الليالي الظلماء. يُقال إنه كان رجلًا عاديًا في الماضي، لكن بعد وفاته، تحول إلى كيان خارق يحمل آلام المدينة وأحداثها الكئيبة. يُعتقد أن رؤية هذا الشبح تجلب الحظ السيء والنحس.

بينما كان سامويل يروي هذه الأسرار، كانت عيون آدم مشدودة بالانتباه وفضول. كان يشعر بالإثارة والرغبة في استكشاف هذه المدينة السفلية بنفسه وكشف الأسرار التي تحويها.

- "آدم، هنالك الكثير لتكتشفه في المدينة السفلية. إنها مكان مليء بالغموض والجمال المظلم. هل تجرؤ

على الانغماس في هذا العالم المخفي واكتشاف حكاياته المفقودة؟" سأل سامويل وهو ينظر إلى آدم بابتسامة غامضة.

كان آدم يجلس على حافة النافذة في منزل سامويل، وهو ينظر إلى المدينة السفلية المظلمة بتأمل. كانت الأضواء تتلألأ في البعد، وهو يعكس على الرغم من كل الصعوبات التي واجهها، إلا أن هناك أملًا متجددًا في قلبه.

سامويل جلس بجواره، ونظر إلى آدم بابتسامة هادئة. ثم سأل:

- "كيف تشعر الآن، آدم؟"

آدم تنهد قليلًا وأجاب:

- "أشعر بالتحدي والإرهاق في نفس الوقت. لقد قمت ببناء جسر رائع ولكن لا يزال هناك الكثير للقيام به. أرغب في تحويل هذه المدينة السفلية البائسة إلى مكان ينبض بالحياة والجمال، لكن أشعر أنني لا أعرف من أين أبدأ".

سامويل أخذ لحظة للتأمل ثم أجاب بحكمة:

- "آدم، الطريق نحو النجاح والتغيير ليس سهلًا. إنها رحلة مليئة بالتحديات والتوقفات، ولكن الأهم هو أن تستمر في المضي قدمًا رغم كل شيء. تذكر دائمًا أنك قد حققت تقدمًا كبيرًا حتى الآن وأنه يمكنك تحقيق المزيد".

آدم أبدى إعجابًا وقال:

- "لقد قابلت الكثير من الأشخاص الملهمين في رحلتي، مثلك ومثل ألكسندر. وقد علموني بأن العمل الجاد والإصرار يمكن أن يتحقق بهمة وأن العمارة هي سلاحي القوي في تحقيق التغيير".

سامويل ابتسم بفخر وتابع:

- "آدم.. الحكمة تكمن في البحث المستمر عن المعرفة وفهم العالم من حولك. في هذه الرحلة، يجب أن تكون

مستعدًا للتعلم من الآخرين والاستفادة من خبراتهم. كما يجب عليك أن تثق بقدراتك وتطبق ما تعلمته في العمل العملي".

آدم أخذ قسطًا من الوقت ليدرك قوة كلام سامويل. ثم سأله بفضول:

- "ما هي الدروس التي تعلمتها من تجربتك وحكمتك، سامويل؟"

سامويل أخذ نفسًا عميقًا ثم أجاب:

- "تعلمت أن الصبر والثبات هما مفتاح النجاح. قد تواجه صعوبات وتحديات في الطريق، ولكن يجب أن تستمر في مواجهتها بروح إيجابية وتصميم. تعلم أيضًا أن الشجاعة ليست في عدم المخاطرة، وإنما في مواجهة المخاطر والتغلب عليها. لا تخش الفشل، بل استفد منه واستخدمه كفرصة للتعلم والنمو. كن متواضعًا ومتوازنًا واستمع إلى أصوات الآخرين

وحافظ على روح الاحترام والتعاون في جميع الأوقات".

آدم استوعب كل كلمة قالها سامويل وقال بإلهام:

- "شكرًا لك، سامويل. لقد أثريتني بحكمتك وحمستني لمواصلة رحلتي. سأستخدم المعرفة والحكمة التي حصلت عليها لتحقيق التغيير الذي أرغب فيه في هذه المدينة السفلية".

سامويل ابتسم بفرح وقال:

- "أنا واثق من أنك ستنجح يا آدم. قد تكون الرحلة صعبة، ولكن لديك القدرة على تحويل الأحلام إلى حقيقة. استمر في العمل بجد واستمتع بكل لحظة في هذه الرحلة".

وبهذه الكلمات الملهمة، استعد آدم لمواجهة التحديات القادمة بثقة وإيمان. سيستفيد من دروس سامويل ويعمل بجد لتحقيق رؤيته في تحويل المدينة السفلية إلى مكانٍ مشرق ومزدهر.

وبوجود سامويل كحارس للمعرفة والحكمة، سيكون لديه الدعم والإرشاد اللازمين في رحلته الشجاعة نحو التغيير.

تبسم آدم و تنهد: "لعلِّي ذو حظ عظيم بعدما قابلت هذين الحكيمين المتجاوزين، لقد كانا لي مصدرًا لإلهام عظيم ملأني بالطاقة كي أستمر للبحث و الاستمرار للخلاص حتى المخرج".

—3—

استمر آدم في طريقة وهو حائر ومنهك ضعيف حتى خارت كل قواه فهو يسير منقطعًا عن الزاد قرابة الثلاثة أيام حتى وجد شجرة عملاقة استكان بداخلها ونام وأيقظه صوتٌ لامرأة نادت عليه.....أنت ...أنت؟

بينما كان آدم يقترب من الشجرة العتيقة، ظهرت ليلى بجانبه، تبدو وكأنها كانت تنتظره. كانت تشع بالسحر والغموض، وكانت عيونها تتلألأ بنور خفيف.

ليلى:

- "مرحبًا، آدم. أنا ليلى، حارسة الشجرة العتيقة. وصلت إلى هنا بحثًا عن المخرج، أليس كذلك؟"

آدم:

- "نعم، أردت الخروج من هذه المدينة السفلية المظلمة. لقد تعبت وأنا أبحث عن طريق للخروج. هل يمكنك مساعدتي؟"

ليلى: "بالطبع، آدم. لكن قبل أن أساعدك، سأشاركك بعض القصص والحكايات التي تعلمتها هنا. قصص من الماضي والحاضر، تحكي عن أهوال هذه المدينة وكيف تمكنت من التغلب عليها".

آدم كان يستمع بانتباه متزايد، فكل كلمة تخرج من فم ليلى كانت تثير فضوله ورغبته في معرفة المزيد.

ليلى:

- "كما رأيت، المدينة السفلية تحمل الكثير من الأسرار والأهوال. لكنني اكتشفت أن الطريقة الوحيدة للتجاوز عنها هي القوة الداخلية والإرادة. يجب أن تتعلم أن تنسلخ عن الخوف والشك، وتصبح قائدًا لنفسك".

آدم:

- "لكن كيف يمكنني ذلك؟ كيف يمكنني تجاوز الأهوال والمخاطر التي تواجهني؟"

ليلى:

- "السر في الثقة بنفسك، آدم. تذكر أنك قادر على التغلب على أي شيء يعترض طريقك. تعلم من أخطائك وتحولها إلى تجارب تعليمية. استخدم قوتك الداخلية ورغبتك في الحرية لتوجيهك في رحلتك".

بعد أن استمع آدم إلى كلام ليلى واستوعبه، شعر بالثقة والقوة تتدفق في عروقه. قرر أنه لن يستسلم، وأنه سيواصل رحلته حتى يجد المخرج.

آدم:

- "شكرًا لك ليلى. لقد ألهمتني وأعطيتني القوة للمضي قدمًا. أنا عازم على العثور على المخرج والخروج من هذه المدينة. هل يمكنك مساعدتي؟"

ليلى:

- "بالطبع، آدم. سأكون إلى جانبك في رحلتك. لنتجاوز معًا أهوال المدينة السفلية ونجد المخرج".

وهكذا، بدأت ليلى بإرشاد آدم إلى الأماكن التي كانت تخفي الأهوال والمخاطر. وعلى طول الطريق، شاركت ليلى معه قصصًا وحكايات تلقّنه الصبر والشجاعة والقوة. تعلم آدم أن يتجاوز العقبات ويواجه المخاطر بثقة وتصميم.

بعد مرور الوقت وبمساعدة ليلى وجد آدم المخرج المنتظر.

كانت هناك بوابة عتيقة تؤدي إلى الخارج من المدينة السفلية.

وعندما وصلا إليها توقف آدم للحظة ونظر إلى ليلى بامتنان.

بدأت ليلى تذكره بأنه يجب أن يستمر في طريقه وعليه أن يحذر من الوحوش والمتاهة والأصوات المرعبة والظلام المطبق.

وحش الظلام المتجول.

كان هذا الوحش يتجول في الظلمات ويستطيع أن يختبئ وراء الأشجار والزوايا المظلمة. كانت ليلى تنصح آدم بعدم الهروب واستخدام شجاعته عوضًا عن الخوف. قرر آدم الاقتراب ببطء وحذر، وعندما حاول الوحش مهاجمته، استخدمت ليلى الفتنة لجذب انتباهه ومنح آدم الفرصة للهروب.

بالنسبة للمتاهة المظلمة، كانت متشابكة وتوجد فيها العديد من الممرات الضيقة والمنعطفات المربكة. ليلى نصحت آدم بالاعتماد على ذكائه والانتباه إلى علامات ودلائل محددة.

تطلب منه أن يستخدم قطعة صغيرة من الحبل ليسلك الطريق، مما يساعده على تتبع المسار الذي قطعه بالفعل، وبالتالي يسهل عليه الخروج من المتاهة.

أما بالنسبة للأصوات المرعبة، كانت تأتي من كل اتجاه وتلعب على أعصاب الناس. ليلى نصحت آدم بتجاهلها وعدم الاستجابة لها. بدلًا من الاستماع إلى الأصوات والتركيز عليها، قالت له ليلى أن يركز على أهدافه ويواصل السير قدمًا. تعلم آدم أن يركز عقله ويوجه انتباهه إلى أهدافه ورغباته، مما ساعده على تجاوز الأصوات المشتتة.

أما بالنسبة للظلام المطبق، فكانت المدينة السفلية تغمرها الظلمة وتقتصر الرؤية على بضعة أمتار فقط. ليلى أخبرت آدم أنه يجب عليه الاعتماد على حواسه الأخرى مثل السمع واللمس. استخدم آدم حواسه الأخرى للتحرك بحذر وتجنب العقبات، مما سمح له بالتنقل بأمان في الظلام.

آدم:

- "شكرًا لك ليلى. لقد ساعدتني كثيرًا في رحلتي. لولاك لما استطعت تخطي الأهوال المختلفة والوصول إلى هنا".

ليلى:

- "أنت الذي حققت ذلك يا آدم. لقد أظهرت الشجاعة والإرادة والتصميم. كان شرفًا بالنسبة لي أن أكون إلى جانبك في هذه الرحلة. الآن، اجتز البوابة واستعد لمغامرات جديدة في العالم الخارجي".

وبهذه الكلمات، ودع آدم ليلى وعبر البوابة إلى العالم الخارجي أو ظن أنه عالم خارجي وأنه قد نجا ووجد المخرج، لكن فوجئ بأنه في جانب آخر من المدينة السفلية فلا ملامح لمخرج ولا مهرب ولكنه تعلم واستمد قوته من ألكسندر ثم سامويل حتى قابل مرشدته ليلى.

كان قلبه ينبض بالحماس والشكر والإثارة مستعدًا لمواجهة ما هو قادم واستكمال رحلته في سبيل المخرج.

بدأ آدم بالبحث عن طريقة للهروب، وقابل في طريقه رجلًا حكيمًا يدعى إلياس. كان إلياس يعرف الكثير عن هذه المدينة السفلية وكيفية الهروب منها. شارك إلياس مع آدم قصصًا عن ناس تمكنوا من الهروب والعودة إلى العالم الخارجي.

أخبر إلياس آدم بأن هناك طريقة للهروب من خلال الأنفاق المظلمة التي تمتد في أعماق الأرض. ولكنه حذَّره أنه يجب أن يكون حذرًا ويواجه تحديات خطيرة في طريقه للعودة إلى السطح.

آدم قَبِل التحدي وبدأ رحلته في الأنفاق المظلمة. واجه خلال الرحلة مخلوقات غريبة ومرعبة، ولكنه استخدم شجاعته ومهاراته المكتسبة من رحلاته السابقة للتغلب عليها. كانت الأنفاق قاسية ومظلمة، لكن آدم لم يفقد الأمل واستمر في التقدم.

وأخيرًا، بعد عدة أيام من المغامرة في الأنفاق، رأى آدم نور الشمس يتسلل من فتحة صغيرة في الأرض. ومع اقترابه، أصبح النور أكثر وضوحًا، حتى وجد نفسه مجددًا في السطح.

كان آدم يحمل معه حكايات مرعبة وتجارب لا تُنسى من رحلته في الحفرة العميقة. تعلم أن هناك أماكن مظلمة في العالم، ولكنه أدرك أيضًا أنها تساعده على تقوية الروح واكتساب المعرفة والشجاعة.

—4—

آدم على وشك الاستسلام لليأس ويشعر بالإحباط في أعماق المدينة السفلية. قد يجد نفسه يتجول في أحد الأزقة الضيقة عندما يلاحظ وجود رجل غريب يقف بالقرب من الجدار. هذا الرجل هو إلياس.

عندما يلاحظ آدم الرجل الغريب وهو يقف بالقرب من الجدار في الأزقة الضيقة، يشعر ببعض الحذر والترقب. يبدو الرجل ملتفتًا ومتفكرًا بعمق، وهذا يثير فضول آدم. يقترب آدم ببطء ويراقب الرجل لبضع لحظات قبل أن يقرر التحدث إليه.

آدم:

- "مرحبًا، أعتذر عن الإزعاج، لكنني لاحظتك هنا وتبدو وكأنك تفكر في شيء ما. هل تحتاج إلى مساعدة؟"

إلياس يلتفت ليرى آدم ويبتسم قليلاً، ثم يتحسس لحظة قبل أن يرد.

إلياس:

- "أهلًا بك، لا تقلق، لست بحاجة إلى مساعدة، في الواقع أنا هنا فقط لأفكر في بعض الأمور الشخصية.

آدم:

- "أعتذر إذا أزعجتك. أنا آدم، وأنا أيضًا أفكر في الكثير من الأمور في هذه الأيام. يبدو أن الحياة ليست سهلة دائمًا، أليس كذلك؟"

إلياس:

- "بالتأكيد، الحياة قد تكون تحديًا في أحيان كثيرة. لكن في النهاية، يبقى لدينا القدرة على التغيير والنمو. ربما تجد صعوبات في الوقت الحالي، لكن لا تستسلم. قد يفاجئك ما يمكن أن تحققه إذا استمررت في المضي قدمًا".

آدم:

- "أبحث عن طريقة للهروب من هذه المدينة السفلية. هل يمكنك مساعدتي؟"

إلياس: (ينظر إلى آدم بتركيز)

- "وأنا أعرف الكثير عن هذه المدينة وكيفية الهروب منها. سأشارك معك بعض القصص عن أولئك الذين نجحوا في العودة إلى العالم الخارجي".

آدم:

- "القصص؟ هل هناك فعلًا أشخاص نجحوا في الهروب؟"

إلياس:

- "بالطبع! هناك دائمًا أولئك الذين يمكنهم التغلب على التحديات والعودة إلى السطح. كان لديهم الشجاعة والإصرار اللازمين. اسمح لي أن أروي لك إحدى القصص التي قد تلهمك."

(مشهد) إلياس يروي قصة لآدم عن شخص نجح في الهروب.

إلياس:

- "هناك مرة واحدة، في أعماق هذه المدينة، كان هناك رجل يدعى محمد. كان محمد يعرف أن الطريق إلى الهروب يكمن في الأنفاق المظلمة التي تمتد في أعماق الأرض. واجه العديد من التحديات، بما في ذلك وحوش مرعبة وألغاز معقدة".

آدم: (متحمسًا)

- "هل نجح في الهروب؟ وكيف استطاع التغلب على التحديات؟"

إلياس:

ــ "محمد كان يعرف أنه يحتاج إلى الشجاعة والمرونة للتصدي للتحديات. تعلم من تجاربه السابقة واستخدم مهاراته المكتسبة للتفكير بشكل استراتيجي. استخدم الموارد المحدودة التي كانت متاحة له بذكاء، وكان دائمًا مستعدًا للتعلم والتكيف مع الظروف المتغيرة".

ودون سابق إنذار وبمجرد أن حكى إلياس عن الأنفاق المظلمة غاب إلياس فجأة وبدا وكأن آدم في متاهة عجيبة وتتخطفه أيادٍ من الأرض و تحركه نحو طريق مظلم ...يا إلهي ما هذا أخاف أن يكون حدسي صحيحًا. وفي صمت فطن أنه في نفق من الأنفاق المظلمة التي حكى له إلياس عنها منذ لحظات. على ساعته ووقته، آدم يجد نفسه في الأنفاق المظلمة محاطًا بالظلام والصمت. يشعر بالقليل من الخوف والتوتر

وهو يترقب الوضع من حوله. يبدأ في وصف الأنفاق لنفسه في محاولة لفهم المكان والتحضير لمواجهة التحديات.

آدم:

- "هذه الأنفاق المظلمة تبدو غامضة ومخيفة. الظلام يلتف حولي وأنا أشعر بالوحدة وعدم اليقين. الصمت الكامل يسود المكان وأصوات خفيفة تتردد في الهواء المغلق. أنا بحاجة لإيجاد الطريق الصحيح والتغلب على هذا التحدي".

يبدأ آدم في التفكير بطرق للتعامل مع الأنفاق المظلمة ويحاول استخدام المهارات والحكمة التي اكتسبها من قصص إلياس ومحمد.

آدم:

- "يجب أن أكون شجاعًا وأستخدم ذكائي للتغلب على هذا التحدي. قد يكون هناك طرق مخفية أو إشارات توجيهية في هذه الأنفاق. سأحاول ترك أثر والتركيز

على الأصوات البعيدة لاكتشاف أي مؤشرات. قد يتطلب الأمر بضع محاولات وأخطاء، ولكن يجب أن أواصل المضي قدمًا.

بينما يتقدم آدم في الأنفاق، يلاحظ بعض الضوء الخافت في المسافة، مما يشع نورًا على الطريق المتاح.

آدم: إليها! رأيت ضوءًا هناك. قد يكون هناك مخرج أو فتحة في نهاية هذه الأنفاق. سأستخدم هذا الضوء كدليل وأسير نحوه بحذر.

يتقدم آدم ببطء نحو الضوء، يجد نفسه يتخطى حواجز صغيرة ويتجاوز التضاريس الصعبة. وأخيرًا، يصل إلى نهاية الأنفاق ويجد نفسه في الهواء الطلق، حيث تنشر الشمس أشعتها الدافئة على وجهه.

آدم: تمكنت! نجحت في الخروج من الأنفاق المظلمة. كانت رحلة صعبة، ولكن استخدمت شجاعتي وذكائي للتغلب على التحديات. الآن أشعر بالإنجاز والقوة. لقد علمت أن الظروف الصعبة لا تستمر إلى الأبد، وأن هناك دائمًا ضوء في نهاية النفق.

وجد آدم نفسه فجأة أمام إلياس مرة أخرى وسأله مباغتًا:

ـ "كأني كنت في حلم، أين ذهبت أيها الرجل الحكيم فقد تجاوزت الآن نفقًا مظلمًا في أيام، وعلى ما يبدو أنني لم أغادرك أو تغادرني فماذا حدث".

تبسم إلياس في صمت:

ـ "وها أنت قد نجحت في العبور، إذًا أنت تقدر على الخروج، لكن حذار عليك أن تفكر وتجمع كل الخيوط لتخرج من بوابة الألغاز".

تنهد آدم و قال:

ـ "بوابة الألغاز؟"

وإذا به لا يجد إلياس أمامه، وكأن روحه انسحبت كرصاصة في ماسورة بندقية وسقط فجأة أمام باب ضخم وطويل، أدرك بعدما تذكر أنها بوابة الألغاز.

آدم:

- "هذه البوابة تبدو غامضة ومثيرة للاهتمام، يبدو أنه يجب عليّ حل لغزٍ ما لكي أتمكن من المرور. كيف سيتم طرح اللغز؟ وكيف سأحوّله إلى حوار مع نفسي لأجد الإجابة؟"

فجأة، يسمع آدم صوتًا غامضًا يأتي من البوابة، كأنه يحاوره ويطرح اللغز.

الصوت:

- "مرحبًا، يا آدم. لكي تتمكن من عبور هذه البوابة يجب أن تحل لغزًا: ما هو الشيء الذي يمكن أن يكبر عندما تُضيء عليه، ولكنه يصغر عندما تُطفئ عنه الأنوار؟"

آدم يستمع إلى اللغز بتركيز، ثم يبدأ في محاورة نفسه للوصول إلى الإجابة.

آدم:

- "حسنًا، هذا لغز مثير للاهتمام، يبدو أن الإجابة تتعلق بشيء يمكن أن يتأثر بالإضاءة، إذا كان يمكن أن يكبر عندما تُضيء عليه ويصغر عندما تُطفئ الأنوار، فما الذي يمكن أن يكون؟"

آدم ينظر حوله ويحاول البحث عن أي دلائل أو مؤشرات تساعده على حل اللغز.

آدم:

- "ربما الإجابة تكمن في شيء يعتمد على الضوء ليتغير حجمه. هل يمكن أن يكون الظل هو الجواب؟ عندما تُضيء على الشيء، يكبر الظل، ولكنه يصغر عندما ينعدم الضوء".

ضحكت البوابة بصوت مرعب، تبدأ في تكوين الغيوم السوداء حولها، ويعلو صوتها لتطرح اللغز الأصعب على آدم.

الصوت:

- "آدم، جاهز للتحدي الحقيقي؟ ها هو اللغز الأصعب: ما هو الشيء الذي يجوب الأرض والسماء والبحر، ولكنه ليس له جسد؟"

آدم يشعر بالرعب والتوتر وهو يستمع إلى اللغز الصعب هذا، يحاول تجميع أفكاره وتفكيره بتركيز أكبر للعثور على الإجابة.

آدم:

- "هذا اللغز صعب جدًا! يجب أن أفكر بعناية وأركز جيدًا. الشيء الذي يجوب الأرض والسماء والبحر، ولكنه ليس له جسد... هل يمكن أن يكون هو الصوت؟ الصوت يتحرك في الهواء ويمكن أن ينتشر في الأرض والسماء والبحر، ولكنه ليس له جسد فعلي".

ينتظر آدم بفارغ الصبر رد البوابة محاولًا السيطرة على التوتر الذي يعتريه.

–5–

بعد أن حل آدم اللغز، تشعر بوابة بالغضب والاستياء. تصبح الغيوم السوداء حولها أكثر كثافة وتتحرك بسرعة، تزداد الصوتية من البوابة غاضبة ومهيبة.

الصوت الغاضب للبوابة:

- "كيف تجرؤ على حل اللغز بهذه السرعة؟! هل تعتقد أنك أذكى مني؟! أنت لا تستحق العبور"

الغضب في صوت البوابة يهز الأرض ويثير الرياح العاتية حولها. يشعر آدم بالخوف والقلق، لكنه يحاول الحفاظ على هدوئه ويعلم أنه يجب أن يتعامل مع الوضع بحكمة.

آدم:

- "أعتذر إن كنت قد أسأت إلى البوابة. لم يكن في نيتي أن أتجاوز سلطتك. كنت مجرد محاولًا لحل الألغاز

والتحدي الذي قدمته لي. إذ كان لي أن أثبت لك أنني أستحق العبور، فأنا مستعد لقبول أي تحدٍ تقدمه".

الغضب يتلاشى قليلًا في صوت البوابة، وتتراجع الغيوم السوداء قليلًا. يبدأ الصوت في التفكير والتأمل.

الصوت:

- "حسنًا، لدي تحدٍ جديد بالنسبة لك. هذا هو اللغز: ما هو الشيء الذي يمكنك أن تأخذه بسهولة، ولكنك لا يمكن أن تعطيه مرة أخرى؟"

آدم يستمع إلى اللغز الجديد بتركيز شديد. يحاول تفكيرًا عميقًا لإيجاد الإجابة المناسبة.

آدم:

- "هذا اللغز يبدو أكثر تعقيدًا من المتوقع. إذا كنت تسأل عن شيء يمكن أن آخذه بسهولة ولكن لا يمكن أن أعطيه مرة أخرى، فقد يكون الوقت هو الإجابة.

يمكنني أن آخذ الوقت وأستمتع به وأستغله بسهولة، لكنني لا أستطيع إعادته أو إعطاء وقتٍ مماثلٍ مرة أخرى. هل هذه هي الإجابة؟"

آدم ينتظر بفارغ الصبر رد البوابة، وهو يشعر بالحماس والتوتر في انتظار التأكيد على إجابته.

البوابة تبقى هادئة للحظة، ثم يرتفع صوتها بشكلٍ تدريجي.

الصوت: "أحسنت يا آدم، إجابتك صحيحة. الوقت هو الشيء الذي يمكنك أن تأخذه بسهولة، ولكنك لا يمكن أن تعطيه مرة أخرى. أنت قد أثبت قدرتك على التفكير العميق وحل الألغاز. أنت تستحق العبور".

البوابة تتبدل مظهرها مرة أخرى، والغيوم السوداء تتلاشى. تفتح البوابة أمام آدم، ممنوحًا له الدخول إلى الجانب الآخر.

عبر آدم بعدما استشعر أن نهايته قد دنت على أعتاب هذه البوابة، ولكن إلياس وتأمله وإلهامه سهَّل عليه العبور وجعله يمتلك تلابيب نفسه ليجيب على الألغاز ليعبر، وبمجرد

عبوره للبوابة وجد إلياس أمامه مرحبًا. انزعج آدم من ذلك و نهر إلياس:

- " أنت أيها الرجل تدبر لي هذه المكائد والصعاب، بالله عليك توقف فقد تعبت وأود الخروج أو العودة إلى حياتي".

بوجه باسم قابل إلياس غضب آدم وبصمت وبدون كلمة أشار بإصبعه إلى نفق، وربت على كتف آدم ثم تلاشى، وبقي فقط همس في أذن آدم.

- "اذهب لتكتشف الحقيقة".

تحرك آدم نحو النفق وصوت إلياس خلفه عن الحقيقة، يتسارع نبضه وأنفاسه تسابق نبضه، تسابق خطواته عقارب ساعة يده كي يصل لهذا النفق ليكتشف الحقيقة.

بينما هو على هذه الحالة، مرت به كل المواقف وكل الشخصيات، وعلم وأيقن أن الإنسان هو مخلوق فريد من نوعه، هو من يختلق المشاكل، وهو من يختلق المواقف، وهو من يختلق الألغاز، وهو من يضع الصعوبات وبيديه وحده

الحل والمفتاح. حينها فقط وصل آدم إلى النفق ووجد نفسه لا يريد الخروج، ففي المدينة السفلية وجد نفسه واكتشف حقيقته وأدرك أن كل هؤلاء لم يعودوا إلى واقعهم لأنهم وجدوا الحقيقة والمخرج كامنًا في ذاتهم و داخلهم، فمخرج الإنسان ينبع من داخله.

فالتفت آدم إلى الخلف ونادى بأعلى صوت له:

- "إلياااااااااس".

تمت بحمد الله.

د. زياد الحلواني